KB118709

길고 먼 무지개

나남
nanam

나남시선 91
길고 먼 무지개

2018년 10월 20일 발행
2018년 10월 20일 1쇄

지은이   한택수
발행자   趙相浩
발행처   (주) 나남
주소   10881 경기도 파주시 회동길 193
전화   (031) 955-4601 (代)
FAX   (031) 955-4555
등록   제 1-71호 (1979.5.12)
홈페이지   http://www.nanam.net
전자우편   post@nanam.net

ISBN 978-89-300-1091-7
ISBN 978-89-300-1069-6 (세트)
책값은 뒤표지에 있습니다.

이 책은 인천광역시·인천문화재단과 한국문화예술위원회의
지역협력형 사업으로 선정되어 발간되었습니다.

나남시선 91

길고 먼 무지개

한택수 시집

나남
nanam

첫 시집을 내고 직장 상사에게 드렸을 때 "지독
하게 공부했구나. 이건 오서독스(*orthodox*) 한 거야"
하시면서 반가워하던 기억이 난다. 그 시들은 다른
이가 갈 수 없는 나의 삶에 대한 이야기이기 때문이
리라.

운명이라는 바위에 삶의 파도는 무던히도 부서졌
다. 다시 해안선을 따라 걷는다.

2018년 가을
한택수

나남시선 91
길고 먼 무지개

차 례

4부 아름다움이란

발문

1부

어떤 뒤흔들린

지구의 끝 서쪽에 와 있다

어느 날 나는 그의 글을 읽었다.
아, 내게도 꿈같은 소년이 있었다.

철학이 있고
별의 질서가 아름다운 삶을
나는 원했다.

책을 닫고
잠시 졸음에 눈을 감는다.
그러고는 곧 눈을 떠 쓰다 만 습작을 읽어 보았다.

바다는 푸른빛으로 요동쳤고
사랑, 시, 술은 붉은빛이었다.

어떤 섬광이 나를 낳았다,
하고 시에 써 보았다.
그리고 인생은 그렇게 탄생하였다,
고도 썼다.
고로 나는 섬광의 아들인 것을!

서사敍事란 부드러운 글이다.
나는 그렇게 인생을 이야기해 보고 싶었다.

물속에 풍덩! 하고 뛰어내리던 삶,
내 인생은 그랬다.

밤이 온다.
인생의 밤이란?
밤과 아침의 사이에서
나는 꿈꾸고 있다.

시는 서정抒情이므로
기起, 승承, 전轉, 결結로 이야기하지 않는다.

나는 지금 지구의 끝 서쪽에 와 있다.

나의 방랑

오늘 이른 새벽녘 꿈에
랭보의 새 번역판이 도착했다.
늘 그렇듯 수수한 양복에
얌전한 넥타이,
그리고 꿈에 젖은 듯
조금 헝클어진 머리카락,
그것은 그의 사진이었고
활자는 신선했다.

그 출판사에서 시집을 내지 않았는데
책을 왜 보내왔을까?
꿈꾸던 꿈이 채 영글기도 전에
다다르던 작은 역사驛舍,
잠이 깨었다.

보리 이삭에 찔리던 상쾌한 여름이
내게도 있었다.
외투를 입지 않은 채 나는 그대로
관념적이었고,

별에서 잠을 자곤 했다.
라, 라, 라, 부르던 덜 익은 노래들.

모음母音이여.
무지갯빛 모음들이여.
찬란한 시간이여.

시는 리듬인데
리듬은 소년의 것이라는 듯,
나는 노년의 문턱에서
서사敍事의 숙제를 풀고 있다.

시론 詩論

시에 대한
많은 이론이
나를 괴롭혔다.

하나의 울타리를 벗어나기 위해선
더 많은 시간이 필요했다.

내가 나를 벗어날 수 있을 때,
그때 몇 편의 시가
나를 이야기해 줄 수 있을는지.
나를 이해해 줄 수 있을는지.

시

시詩는 돌발적이고
우연이고
직정적直情的이다.

밤이 천千의 날개로 인생을 덮고
이윽고 새벽이다.

나를 알 수 없던 그 많은 날,
그 날들을 멀리하고, 나는
자아自我를 응시한다.

어머니

이 먼 나라에 와서
어머니를 찾는다.

이 저녁에 어머니와 함께
저녁상을 마주할 수 있다면.
밤늦게 귀가하는 아들을 기다리시던
어머니를 찾는다.

먼 파도의 부서짐,
호수 가장자리의 지저귐,
별들의 추락,
모두 아름답지만
내 작은 그리움 하나,
어머니.

"나는 진실하게 살고 있습니다."
어머니는 물끄러미 바라보시고
말씀이 없다.

꽃의 생애

꽃 한 송이가 피었다 지는 시간을

꽃의 생애라 한다면
그 일생은 아름다웠을까?
다만 사랑스러웠을까?

꽃의 이쪽에서
저 꽃이 지는 순간을 바라볼 때가
가장 가슴 아팠다.

왜냐하면, 나는
어머니의 말씀처럼
그 까닭을 알 수 없이
다만 살아왔기 때문이다.

왜냐하면, 나는
한 송이 꽃의 의미를
저쪽에서
물끄러미 바라보았기 때문이다.

삶

별이
내게로 왔다.

— 나는 그런 삶을 원했다.

달이
내 삶 위에
떠 있다.

— 나는 또 그런 삶을 원했다.

밤이 그 꼬리를 감추는
새벽에
삶을 다시 생각한다.

꿈

꿈이
내 곁에 있을 때,
나는 행복했다.

내게 아직 꿈이 있는가.

꿈이 저 멀리서 손짓하며 달려올 때,
나는 행복했다.

삶과
삶이 뭉쳐져서
또 다른 삶이 되던,

꿈과
꿈이 뭉쳐져서
또 다른 꿈이
태어나던,

멀리 와서
다시
꿈을 꿈꾼다.

별

별의 저 눈빛이
내게로 왔다.
사랑의 작은 이름으로.

별의 저 눈빛이
내게로 왔다.

어떤 다리를 건넜는지
어떤 구름 편을 타고 왔는지
나는 알지 못한다.

다만 저 별이
내게
지극한 눈빛을 주고 있다는 것,

아아, 졸리다.
나는 푹 자고 싶다.
더 많은 꿈을 꾸고 싶다.

그런데 저 별이 내게
눈빛을 주고 있다.

내 작은 꿈을
받아 주려는가.

별이여.
사랑의 작은 이름이여.

내가 다 꿈꾸지 못한 꿈을
한꺼번에 주는
이름이여.

바닷가에 앉아

내 작은 꿈이
소중하다고 했던 사람들,
그들을 나는 회상하고 있다.

밤이 깊어 가고
겨울이 더 다가오는 날에
아직도 나를 흔드는
다정한 말들,

그 말들을 나는 소중하게 생각하고 있다.

작은 웃음,
가벼운 두드림,
나는 그것들을 잊지 않고 있다.

사랑한다고 말해야 했던 날들,
나는 그날들에서 멀리 와 있다.

바닷가에 앉아
파도의 굽이침을 보고 있다.

사랑 1

존재하지도 않던
사랑에 낙담하고
자신을 구금拘禁하던
젊은 날이여.

불행이라는 방에서
쓰던 시여.

노래를 부를까?
나를 다 표현할 수 있는 노래를
춤을 추면서

내 간장肝臟을 양羊의 심장처럼
깨끗하게 씻어 주세요.
한 점 욕망도
남지 않게요.

서른을 눈앞에 둔
그해 1978년 초봄,
종로구 평동平洞에서.

사랑 2

아마도 사랑이
문제였나 보다.

달과 별들이 옷깃에 감춘
말들,
나는 그 말들을 읽지 않았다.

이제 다시 갈 수 없는 시간,
하고 싶던 말들,
나는 다시 들춰 보고 있다.

별이 뚝, 뚝 떨어지던
청춘이여.

슬프디슬픈
노래여.

한 모금의 독액毒液을
입술에 문다.

눈

별의 움직임을 관측하다
눈이 먼 사내.

그의 손엔 시집 《사랑받지 못한 사내의 노래》가 들
려 있었다.

깊고 깊은 물속
두 개의 진주眞珠가 된
사내의 눈,

사랑받고 싶어 하던
사내의 노래.

뱀

내가 찾던 뱀은
이빨이 작은 어린 것,
눈과 혀가 하늘거렸다.
피었다가 진 슬픔의 틈으로
봄볕을 받던

내 모든 악惡을 가져가거라.

시의 날에 베이지 않는
검술劍術로
하늘과 땅이 맞닿은
그곳으로 가라.

땀이 조금 나고
자고 싶다.

어떤 뒤흔들린 젊은 시인이

어떤 뒤흔들린 젊은 시인이
나를 흔들 듯,

기이奇異하고 파란만장한
한 가을은
왔네.

수많은 잎과 햇볕이
밤송이 같은 시를 퍼부으며
이 가을은 왔네.
나를 흔드네.

이미 덮어 버린
옛이야기 같은
빨갛고 노란
잎,
잎들.

2부

내 심장 가까운 곳

내 심장 가까운 곳

내 심장 가까운 곳
한 점,
언어라는 살점

난 침 뱉지 않을게.
너를 문밖으로 걷어차지 않을게.

허기진 북녘 아이들에게 줄
잘 익은 동화 같은
시를 만들게.

내가 떠난 뒤
이 벤치에 앉아 쉴
베네치아의 옛 노예를 생각하며.

커피 두 잔

커피 두 잔
마셨다.
오늘은 시를 많이 생각했다.

아무도 읽지 않을
쓰다 만 자서전 같은
시,
또는
알밤 몇 개.

가을 하늘 저 깊이
잠시 들리다 말
내 북소리,
오늘은 자꾸 두들겨 보았다.

벙어리처럼

벙어리처럼
난 말 없는 배우야.
지금은 쉬는

하늘을 나는
구름의 소문을
새들의 시를 듣고 있어.

내게 전할 말 있으면
시를 써 보내.

시에 대한 시를,
내일 성당에서 들을
흑인 영가靈歌 같은

내가 듣고 싶은 건
그뿐.

왕십리 철공소에서

그대 칼집인
내 마음,
그 속에서 녹슬던

왕십리 철공소에서
쇳덩이를 두드리듯
두드리는

그 곁을 지나가는
가는
새여.

시를 읽을 땐

시를 읽을 땐
감추고 읽었다.
무슨 선정적煽情的인 잡지를
감추듯이.

왜냐하면, 시는 율동律動이 있는
행行을 가르는
운문이기에

처음과 끝이 있는 산문이 아니고
툭, 끊어진
동아줄이기에

감옥의 벽을 넘으려면
내 마음에 굴窟을
파야 했다.

1월의 시

멀고 먼 별에
내 마음을 전합니다.

만년설萬年雪 너머
아스라한 빛,
내 발걸음으론 다가갈 수 없는
천둥 너머에서 들리는
목소리에

아무것도 알 길 없는 그
누군가에 대해,
그가 남긴 삶의 요약要約을
별빛의 비유를
생각해 봅니다.

— 내게도 길은 없었다. 바퀴
자국을 남기며 산등성이를
넘었을 뿐이라고 적힌

크레바스에 갇혀서도
옷자락 끝을 잡은
이 달아오른
손을
기억하소서.

눈은 내린다

설명하지 않고
눈은 내린다.

수북이 수부룩이 추억하는 언어들,
싸늘한 감촉들

나는 먼 길을 돌아 이곳에 왔다.
겹겹이 쌓이는 옛이야기들은
시간에 묻어 둔 채

눈이 더 내려서
현재의 나는 사라진다.
아주 멀리 사라진다.

새들은 어디 갔을까.
나뭇가지와 풀잎 새로
착한 것을 쪼던 부리들은.

한 편의 시를 쓰기 위해

한 편의 시를 쓰기 위해
역사를 읽고
소설을 읽는다 — 혼돈과

암흑의 우물 속에 진실은
있겠지만 시는
아무것도 건져 올릴 수 없다.

라고 쓴다.

고독해지지 않으면
시인이 될 수 없다.
고독의 끝에 서 있는 — 청춘의

시를 쓰고 싶다.

역사 또는 소설의 그물망으론 건져낼 수 없는
가을과 겨울의
흔들리는

폭설에

한 생애가 끝날 즈음
마침내 바닷가에 와 닿는 파도처럼,
옆구리에 화살촉이 박힌 채 바위를 치는
쉼 없이 넘실거리는
악공樂工이여.

옛 동산은 이미 무너진 지 오래다.
인적 없는 집에선 아무런 소식도 들을 수 없다.

멀리 떠나온 이에겐
옛날은 아득하다.

경포鏡浦 호수에 추억을 빠뜨리고
퍼덕여 날아오르는 새들을 본다.

눈은 내려라.
눈은 내려서 바다를 덮어라.
겨울은 오래 거기 머물러 있어라.

삶과 죽음 사이에 붙박인
섬처럼
폭설의 노래를 듣는다.

삶이 여성이라는 생각

삶은
내 안에서 나를 분리하는 따뜻함으로
이루어져 있다.

그러므로 삶은 여성이라는
생각을 해 본다.

그러면 곧 비가 내리거나 맑아지든
날씨와는 상관없이
편안할 것 같다.
봄이 천천히 찾아오듯이

벌써 시간인가, 나는 너무
늦게 다다른 건 아닌가.

많은 사람이 파도에 휩쓸려 갔다.
전쟁처럼, 포성처럼 뿌연 날들,
집으로 돌아가지 못한 이들이
비를 맞고 있다.

삶은
내 안에서 나를 분리하는 따뜻함으로
이루어져 있다.

왜 시를 쓰는가는 왜 사는가, 하는
말과 같듯이
어떤 무한 같은 현재를
드러내는

삶이 여성이라는 생각을
더 가지고 다니고 싶다.

문장 연습
— 김종삼金宗三에게

욕망의 이편에 시가 있다는
시인을 본다.

나이 들어 가는 사소한
그의 나날,
흐르는 강물처럼 고요한

시간을 거슬러 올라가 천연天然의
순진무구한 언어를
탐하는

물고기처럼 강물을 거슬러 오르는
한 점
언어라는 욕망,

욕망의 이편에 시가 있다는
시를 읽는다.

겨우내 언 땅이 기침하듯
비행기 뜨는 소리 들린다.

시와 소설

시는 소설의 행간에 들어 있었다.

살고 사랑하다 죽는 사이사이에
봄과 가을의 틈에서
그 여름의 침묵 속에서 시는
점점이 스며 있는 소금처럼,
청춘의 바다를 토해 내는
햇빛 알갱이처럼

하고 싶은 말들이 비명碑銘으로 굳어져
밭고랑 고랑에서 캐어 내는,
마침내 시의 뿌리를 살핀다.

활시위처럼 둥글게 당겨지는 시,
나는 추억을 향해
나아갔다.

어느 날 소설을 읽다가
시를 찾는다.

태어남의 시를 쓰고 싶다

햇볕이 아직 남아 있어서
밤이 오긴 이른 시간,
누렇고 푸른
가을의 오후가 익는다.

태어남의 시를 쓰고 싶다.
어느 별에선가
누군가가
나에게로 오고 있음을

눈을 감는다.
별이
하나, 둘
스러진다.

도서관 창가에서

도서관 창가에 앉아
문득 창밖을 내다본다.
가을과 죽음이,
삶과 꿈이
흐린 하늘빛을 받고 있다.

봄볕의 따스함에
아지랑이 일던 내 삶,
그 봄을
한두 페이지 넘긴 지금,

어리석게도 나는
그 시절에 다시 가 본다.
겨울을 뚫고 봄이 솟아나던
그때,
설레던 땅의
기침 소리를
듣는다.

도서관과 복지관이 나란히 있다

도서관과 복지관이
나란히 있다.
책을 읽다가 컴퓨터를 켜다가
5층 식당으로 올라가곤
했다.

그 밖엔 잘 보이는 하늘과
말들의 향연饗宴,
그 속에 내가
있다.

모든 쓸모없는 말들이 퇴각한
신문을 펼쳐 본다.
천수만淺水灣 가득
가창오리 떼가
난다.

해가 뜨고 지는 것만으론
인생을 알 수

없다.

밤이다.
꿈꾸고 싶다.

3부
하나의 형태를 위하여

그때 나는 열병을 앓았지

내 기억대로라면
그때 나는
열병을 앓았지.

거짓말처럼 눕고 싶던
피곤함이여.

신발 끈도 묶지 않은 채
발을 구르며 달리던
불안한 젊음 같던

시라는 욕망을
사랑한
무더웠던 여름이여.

삭발

삭발하고 싶다.

안개에 갇혀서
나아가지 못하던
햇볕.

눈앞의 늪에 고여 있던
나만의
삶.

그 모든 풍경을 억제하듯
삭발하고 싶다.

이젠 내 시를 기다리지 않는 사람들이
많아졌다.
그 틈에 나는 삶을 엿본다.

다시는 보지 못할
파도의 폭풍우의 달무리의

침몰하는
그대의
유언遺言을
받아 적는

새봄이 이렇게
가까이 오다니! 하고
시를 쓴다.

나에게 조력助力하는
시의 생애,
그것은 삭발이었다.

하나의 형태를 위하여

하나의 형태를 위하여
하늘과 땅이 태어났듯이
인생의 형태를 찾는다.

곰팡내 나는 포성砲聲의
먼지 속에서
어떤 기적이 이곳에도
있었다.

그것은 기적이었다.
텅 빈 공허空虛를 채운
한 일생이었다.

밤 그림자와 구름이 하늘의 형태를 그리듯
그는 자신의 삶을 그렸다.

거짓말처럼 피어나던
가을 들꽃이여.
꽃들의 창槍이여.

그대들은 나의 언어로 기억되었다.

추억의 더께에 끼인
생채기 난 삶,
형태는 그렇게 이루어졌다.

늙은 여성 작가의 등 뒤로

늙은 여성 작가의 등 뒤로
별똥별이 진다.

두 개의 바위틈을 지나
청춘을 찾은
뱀과 같던*

문학도
인생도
사랑의 애증도

하얗게 맑은
저녁 빛에 진다.

---

* 박인환, 〈목마와 숙녀〉에서.

시작 노트를 쓰면서

아마도 이 무대에서 난
내리고 싶어 한다.

세계와 나의 지평선은
기울고,
내 가슴의 저울추錘가
찬바람에
흔들린다.

쓰다 만 시작 노트를
다시 쓰면서
나는 일어선다.

산언덕과 들판을
가로질러 가 본다.

아침,
희미한 햇볕의 균형을
받으면서.

별에 가 살고 싶다

별에 가 살고 싶다.
강릉시 그 별에서
벼랑에서도 꽃 피우는
패랭이꽃처럼.

무제 無題

나의 고향은 강릉,
파도가 높았다.

저녁놀 짙은 하구河口에서
무한無限의 노래를 듣는다.

달빛이 비치는

달빛이 비치는
밤을 배경으로 더 잘 비치는

우리의 대화는 한 점 언어의 과녁을
겨냥했다.

푸르고 붉던 젊음은
가고,
어느덧 눈 내리는
겨울.

괴이한 꿈을 꾸듯 살아온
인생,
보이는 것보다 돌아오지 않는 게 더
많은

우리의 대화는
한 점
인생을 겨냥했다.

잿빛 추억들이 하얗게
하얗게 부서진다. 희디흰
언어들이 쌓이고 또
쌓여서

쌓여서 다시
언어가 되는

그 어떤 언어로도 다 표현할 수 없는
달빛이 비치는

．

금강석

네 이름을 불러 봐
금강석金剛石,
섬광에 바쳐진
한 생애를

도서관 서가書架에 전해져 오는
이야기,
또는 한 여성 작가의 삶 뒤에 읽는
소설 속의

네 이름을 불러 봐.
금강석,

구름 낀 하늘을 푸르게 푸르게
닦아 봐.
푸르게 더 푸르게 솔 이파리로
문질러 봐.

강함은 견뎌 내는 것!

그 소년의 내력 같은
너의 전설을
비춰 봐.

_____

* 박완서 동화집 《보시니 참 좋았다》(2004, 이가서 펴냄)에 수
  록된 동화 〈다이아몬드〉를 읽고.

이 뒤늦은 소망을

별을 다 가진다면
그는 욕심쟁이지
눈보라에 휩쓸릴 거야.

은하물 같은 물소리
들릴 때
잠시 쳐다보았어.

땅 위엔 없는 밝은 성격을

이 뒤늦은 소망을 들어주실까.
나의, 작은 시를

존재하지 않던 것으로 태어난

눈 그치고,
눈꽃을 이고 피어난 생명처럼
이마엔 잔뜩 긴장감.

맑고 깊은 밤에
― 월트 휘트먼에게

나의 시에도
맑고 깊은 밤이 있어서
인도양으로 남극으로
길을 떠났으면.

밤이 낮게 내려온
충북 오창읍에서
말없이 별을
응시한다.

양청리엔 가을이

양청리엔 가을이 먼저 온다.
과거와 영원이,
시간의 은비늘이 먼저 와 떨어져
누렇게 마른다.

지난봄을 물들였던
파릇한 젊음은 어디 갔는지,
한여름의 금빛 언어를 캐내던
햇볕의 풍요로움은 어디 갔는지,
가혹한 운명의 화살처럼
새파랗게 다가온 구름,
긴 밤을 지나
가을은 왔다.

뒤처져 있지만
내겐 진리眞理인 시는
이 가을과 함께
말들의 푸석한 풀숲에서
마른 볕을 쬔다.

가을빛이거든
그 잔盞을 내려놓고 가거라.

아직 남아 있는 독액毒液,
밤 그림자의 검정 외투를 받으며
나는 서 있다.
하얀 불빛 아래서
시간 안에서
양청리 언덕에서.

내가 살아 있다는 말이

내가 살아 있다는 말이
나를 다시 살려 낸다.
햇빛이 오후를 되비추듯이

그 많던 배역配役들은
차곡차곡 쌓인
나의 모습이었다.
지금의 나이기도 한

나란 무엇인가를
싫증 내지 않고 찾던
충혈된 눈을 본다.
쇠거울에 비친
모든 사람이거나 그 누구도
아닌

내가 살아 있다는 말이
나를 다시 살려 낸다.
서두르는 봄과
붉어진 뺨.

여기서 멈췄으면 좋겠다

그해 1월 차가운 날에 구마모토성熊本城에 올랐네.
벚꽃이 활짝 핀 기념엽서에서 본
햇볕 밝은

저녁 만찬에서 나는 말했지.
가장 가까운 이웃 나라와 우리가
정말 가까운 사이가 되었으면 좋겠다고 그렇게
나는 기자단 단장으로 인사말을 했지.

벌써 10여 년 전의 일,
이 작은 시 한 편으로
지진地震의 재앙에 가족을 잃은 이웃을
어떻게 위로할 수 있을까.

하늘에 흑운黑雲이 끼고 대낮도 밤이 되던 엊그제의
삶과 죽음 너머에 서 있던 우리,
여기서 멈췄으면 좋겠다.
다시 일어섰으면 좋겠다.

국립중앙박물관에서

내가 서서 도는 동안
말없이 나를 내려다보던
반가사유상半跏思惟像을 본다.

너는 다르게 살아야 한다.
그 능력 너머에 가 닿아야 한다.

라고 말하는
새봄의 미소를 본다.

한 장의 쪽지를 남기고
한 젊은 여성 작가는 죽음 너머로
갔다.

시는 모든 정신을 지탱해 주는
진정으로 살아 있는 풍경이다,
라고 알아 왔지만
느린 햇볕의 그림자 속에서
나는 멈칫거린다.

그는 말한다.
삶과 죽음은 웃음 너머에 있다고.

내가 알아들을 수 없는
그것은 고대古代의 말이었다.

4부

아름다움이란

오늘은 비가 내린다

오늘은 비가 내린다.

내 마음에 한 줄 금 같은
누이와의 별리別離,
내 인생의 긴 그림자였다.

누이는 어디 사는가.
밤이면 별의 눈으로 하늘에
뜨곤 했다.
환한 꽃의 웃음으로 호숫가를
흔들기도 했다.

같은 부모에게서 태어났으니
나의 누이여,
너는 삶의 길에 서 있어라.

헤어짐에 대해 나는 알고 있다.
나를 아주 떠나지 않은 시는
다시 너를

찾는다.

하늘 깊은 곳에서
오늘은 비가 내린다.

오후의 볕에 볼을 비빈다

어디쯤이었을까.
그때 어머니가 동생들의 손을
놓던 곳은

파도가 다시 밀려와
해당화 덤불을 적신다.
한없이 짙푸른 바다여.

시간은 말없이 흘러 영嶺을 넘었고
나는 너무 멀리 왔다.

아직 햇볕이 있다.
늦은 오후의 볕에
내 볼을 비벼 본다.

네가 서 있던 자리

겨울의 조급함이 없었던들
너의 별이
빛을 거두지 않았던들
나와 함께 여기 있었으리라.

삶의 한 가지에서 태어난
파랗던 잎사귀여.

불가사의한 사건들에 쓸려 내려간
그날을 끌어당겨
다시 역사를 만들었으면,

내가 아직 쓰지 못한 시를
나는 원한다.
전혀 새로운 삶을

앵초꽃 핀 언덕을 나는
막 지나왔다.
네가 서 있던 자리를
자꾸 뒤돌아본다.

봄

사랑의 어렴풋한 기운이 돌아
스스로 꽃피우는 시를 꿈꾼다.

할미꽃이 피어 있다

어머니 무덤가에
할미꽃 두어 송이 피어 있다.

오래전 고향 산언덕에 듬성듬성 피어 있던
자줏빛 꽃,
삶에 아픈 시인에게
솜털 같은 정을 주려 함인가.

나는 정을 주기보단
받으며 살아왔다.
나는 또 풍요의 의식보다
곤궁의 시학에 더 눈길을 주었다.

용인 천주교 묘지,
수많은 기도 소리를 들으며
할미꽃 두어 송이
햇볕을 받고 있다.

아름다움이란

아름다움이란,
꽃과 폭풍이 만나는 지점에 있다.

인생에는 수많은 아름다움이 있었고,
휘청거리게 하는 폭풍우도 있었다.

밤이여. 애증이여.
삶의 여린 흔들림이여.

"아름답게 살았다."는 말에 나는 감동했다.
그러나 나는 그것을 부정否定하고 싶었다.
아니다, 하고 말하고 싶었다.

봄이여, 보리밭 이삭의 거칠음이여.
밤비의 낮은 속삭임이여.

삶과 죽음의 경계境界에 잠시 서 있던 삶,
아직도 서성이는 존재여.
그러나 말과 꿈의 휘황함이여.

아름다움이란 결국 자기 자신에 이르는 길이다.
꽃과 폭풍이 몸서리치게 일어서는 시여.

정서진正西津에서

어느 별에서 왔느냐고 묻더라.
나는 아마 그렇게 대답했으리라.
강릉이란 별에서 왔다고.
동쪽 끝 햇볕 밝은 도시에서 왔노라고.
바람이 자고 나뭇잎이 떨어질 때
나는 인생을 생각했노라고.
인간은 별에 갇혀 있는 존재이지만
별빛 저 너머 세계의 끝,
그 지점地點을 인생의 시작으로 알고 있다고.
별과 인간, 파도와 바위의 부서짐,
그것이 인생이라고.
차마 부르지 못한 노래는
추억 저편에 숨기고,
나는 어디론가 가려나.
지금 나는 문득 정서진正西津에 와 있노라고.

그 고장의 목록

　　무개화차 석탄 철길 저탄장 재의 무덤 바람 석탄가
루 검은 바람 검은 작업복 채탄부 갱목용 통나무 탄가
루 역 대기실 긴 나무의자들 열차 시각표 톱밥 난로 석
탄보다 밝은 재의 빛깔,
　　눈 쌓인 태백산맥 산간 마을을
　　나는 찾는다.
　　탈옥수脫獄囚처럼 그가 서둘러 떠난
　　영혼의 마을에
　　나는 당도한다.

굴뚝새처럼
— 최승호에게

내면의 등불을 켠다.
굴뚝새처럼

시원한 냇가에서 또래들이랑 놀던 여름이 있었고,
겨울엔 책상 앞에 앉곤 했다.

굴뚝 옆에서 잠들고
낮엔 먹이를 찾아 돌아다니던 나,

인생은 짧고 밤은 길다.

아궁이에 장작이 활활 타오르는 저물녘이면
꿈을 꾸었다.
쇠죽가마에선 여물 끓는 소리 펄펄 나고,

바알간 부엌을 기웃거리던
새까만 얼굴의
나는 대관령 기슭 한 소년이었다.

달의 꼬리에서 1

이렇게 자세히
시집을 읽은 적도 오래된 듯싶다.

인천이
가득히 들어 있는 시집을
오래 읽었다.

달의 꼬리에
내 몸을 얹어 본다.

방명록을 쓰고 내린다.

달의 꼬리에서 2

달이
꼬리를 감추면

둥그런
달만 남는다.

푸르디푸른 시를 꿈꾼다

나는 꿈꾼다.

아침부터 내리던 비가 잠시 멈춰서
푸르스름하게 하늘이
잘 비친다.

한 삶이 강물처럼
흘러갔다.

지금은 멈춰 있는 시간,
혁명에 대해, 역사에 대해
꿈꿀 수 있다.

집들이 낮게 앉아 있고
호숫물이 흔들린다.

하늘이 말없이 멈춰 있는 시간에
나는 꿈꾼다.

오래전에 들은 이야기,
의병義兵으로 나가 돌아오지 못한
증조부 이야기를

아버지가 만들었던 삶은
멀리 함경남도 단천에서 흘러내려 와
강원도 강릉에서 오래 머물렀다.

시냇물이 흐르고
들판은 푸르다.

나는 꿈꾼다.

산들이 어깨를 펴고 나무들이
늠름하게 줄지어
서 있다.

그때 나는 지게 가득 나뭇등걸을 지고
산등성이를 건너고

또 건넜다.

산과 바다가 부서지고
아버지가 어머니와 헤어지기 전의 일이었다.

시냇물이 흐르고
들판은 푸르다.

나는 꿈꾼다.
뽀얀 구름이 지나가는
푸르디푸른 시를.

내 인생의 길고 먼 무지개

나는 보았다.
길고 긴 해안선 멀리
무지개가 떴음을

드높아서 고개를 더 들어야 했던
여름 아침을

지옥의 고통을 지나 그 뜨겁고
수치스러운 낭비를 지나와
나는 보았다.
무질서하고 계통이 서지 않는
한 생애를

그가 말했듯
축복이며 비애인
시를

끄억 깍, 갈매기가 노래한다.
그들의 시를

파도의 높낮이를

삶은 고요한 것이다.
무지개를 그리듯

기찻길이 멀어서 잘 보이지 않던 전망,
끄억 깍, 갈매기 소리를 들으며
그는 잤다.
역사는 아직 끝나지 않았다.

나는 다만 인생을 알고 싶었다.
이성理性을 찾고 또 그것을 찾아선
고개를 돌리던 파도의
숨결에 가슴이
젖었다.

삶은 고요한 것이다.
무지개를 그린다.

그 모든 장르 너머에 그는 있었다.
푸른 파도를 끼고
망령亡靈처럼
한없이 걸으며,

나 또한 호두껍데기 안에 갇혀서
우주를 그렸다.

삶은 고요한 것이다.
무지개를 그리던

삶, 꿈, 별, 그리고 응집의 말들

이경철 전 〈중앙일보〉 문화부장

1

한택수의 새 시집 《길고 먼 무지개》는 말들이 말을 끌어당기고 있다. 때론 나직이, 때론 질풍의 힘으로 달리는 그 말들은 삶과 그리움의 본질을 맞닥뜨리게 한다. 근본으로 치고 들어가는 시들은 그러나 쓰리고 아프다. 삶은 쓰리고 아픈 것인가. 따라서 시인의 근원적 마음이 처연하게 읽히는 시집이 이 《길고 먼 무지개》이다.

내 작은 꿈이
소중하다고 했던 사람들,
그들을 나는 회상하고 있다.

밤이 깊어 가고
겨울이 더 다가오는 날에
아직도 나를 흔드는
다정한 말들,

그 말들을 나는 소중하게 생각하고 있다.

작은 웃음,
가벼운 두드림,
나는 그것들을 잊지 않고 있다.

사랑한다고 말해야 했던 날들,
나는 그날들에서 멀리 와 있다.

바닷가에 앉아
파도의 굽이침을 보고 있다.
　　　　　　　　— 〈바닷가에 앉아〉 전문

　시 〈바닷가에 앉아〉를 보면 시인이 태어나고 유년
을 보낸 강릉 바닷가에 앉은 듯하고, 또 "다정한 말
들"을 "소중하게 생각하고 있는" 시인의 모습이 보이
기도 한다. 한택수는 언어에 대해 집요하게 탐구하고
시에 대해 순애의 사랑을 주고 있는 시인으로 평가받
아 왔다.

커피 두 잔
마셨다.
오늘은 시를 많이 생각했다.

아무도 읽지 않을
쓰다 만 자서전 같은
시,
또는
알밤 몇 개.

가을 하늘 저 깊이
잠시 들리다 말
내 북소리,
오늘은 자꾸 두들겨 보았다.
— 〈커피 두 잔〉 전문

시가 주제고 소재며 전부인 〈커피 두 잔〉이다. 바쁜 일상 속에서 커피를 마시며 시를 쓰는 행위와 그렇게 쓰곤 하는 시에 대한 담론으로 읽히는 시다. 시는 시인의 "자서전"이다. 소설 등 다른 문학 장르와 달리 시인 자신이 그대로 드러나는 게 서정이요, 시다. 거짓이나 꾸밈이 끼어들 틈 없는 고백과도 같은 자서전이다. 해서 시인의 꿈과 현실, 가족사, 사회에의 대응 등이 간략하지만 토실한 "알밤 몇 개"로 열린 것이 시라는 말이다.

2

이 먼 나라에 와서
어머니를 찾는다.

이 저녁에 어머니와 함께
저녁상을 마주할 수 있다면.
밤늦게 귀가하는 아들을 기다리시던
어머니를 찾는다.

먼 파도의 부서짐,
호수 가장자리의 지저귐,
별들의 추락,
모두 아름답지만
내 작은 그리움 하나,
어머니.

"나는 진실하게 살고 있습니다."
어머니는 물끄러미 바라보시고
말씀이 없다.

— 〈어머니〉 전문

어머니 품으로부터 멀리 떠나와 어머니를 찾고 있는
시다. 아니, 진실하게 살려고 어머니를 부르고 있는 시
다. 이 또한 아름다운 심성에서 나온 아름다운 시다.

어디쯤이었을까.
그때 어머니가 동생들의 손을
놓던 곳은

파도가 다시 밀려와
해당화 덤불을 적신다.
한없이 짙푸른 바다여.

시간은 말없이 흘러 영嶺을 넘었고
나는 너무 멀리 왔다.

아직 햇볕이 있다.
늦은 오후의 볕에
내 볼을 비벼 본다.
　　　— 〈오후의 볕에 볼을 비빈다〉 전문

　해는 저무는데 마을의 따뜻한 불빛은 보이지 않는 산
길의 막막한 정경(情景)이 보인다. 아니, 어머니의 다
사로운 볼에 마음을 비비고 있는 시로도 보인다.

3

어떤 뒤흔들린 젊은 시인이
나를 흔들 듯,

기이奇異하고 파란만장한
한 가을은
왔네.

수많은 잎과 햇볕이
밤송이 같은 시를 퍼부으며
이 가을은 왔네.
나를 흔드네.

이미 덮어 버린
옛이야기 같은
빨갛고 노란
잎,
잎들.
　　　　　— 〈어떤 뒤흔들린 젊은 시인이〉 전문

계절이 가을을 불러온 것이 아니라 "뒤흔들린 젊은
시인이" 지금 이 가을을 펼쳐 놓았다고 보고 있다.

"햇볕이 아직 남아 있어서/ 밤이 오긴 이른 시간, / 누렇고 푸른/ 가을의 오후가 익는다. // 태어남의 시를 쓰고 싶다. / 어느 별에선가/ 누군가가/ 나에게로 오고 있음을"(〈태어남의 시를 쓰고 싶다〉 부분)에서 드러나듯 한택수는 아직 시들지 않은 영혼을 갖고 있다.

설명하지 않고
눈은 내린다.

수북이 수부룩이 추억하는 언어들,
싸늘한 감촉들

나는 먼 길을 돌아 이곳에 왔다.
겹겹이 쌓이는 *옛이야기들은
시간에 묻어 둔 채

눈이 더 내려서
현재의 나는 사라진다.
아주 멀리 사라진다.

새들은 어디 갔을까.
나뭇가지와 풀잎 새로
착한 것을 쪼던 부리들은.
— 〈눈은 내린다〉 전문

초기 작품부터 시는 물론 세계를 드러내는 언어에 대
해 집착하며 시란 무엇인가를 묻던 시인이 이 시에 와
서는 언어 스스로가 묻고 추억하게 하고 있다. 생각도
끊기고 언어의 길도 끊긴 세상에서는 사람이 아니라 대
상인 사물이 자신의 비밀스러운 이야기를 풀어놓는다.
해서 이렇게 저렇게 본 대로 느낀 대로 "설명하지 않고/
눈은 내린다"는 서술이 나오게 된 듯싶다.

4

어느 날 나는 그의 글을 읽었다.
아, 내게도 꿈같은 소년이 있었다.

철학이 있고
별의 질서가 아름다운 삶을
나는 원했다.

책을 닫고
잠시 졸음에 눈을 감는다.
그러고는 곧 눈을 떠 쓰다 만 습작을 읽어 보았다.

바다는 푸른빛으로 요동쳤고
사랑, 시, 술은 붉은빛이었다.

어떤 섬광이 나를 낳았다,
하고 시에 써 보았다.
그리고 인생은 그렇게 탄생하였다,
고도 썼다.
고로 나는 섬광의 아들인 것을!

서사敍事란 부드러운 글이다.
나는 그렇게 인생을 이야기해 보고 싶었다.

물속에 풍덩! 하고 뛰어내리던 삶,
내 인생은 그랬다.

밤이 온다.
인생의 밤이란?
밤과 아침의 사이에서
나는 꿈꾸고 있다.

시는 서정抒情이므로
기起, 승承, 전轉, 결結로 이야기하지 않는다.

나는 지금 지구의 끝 서쪽에 와 있다.
      — 〈지구의 끝 서쪽에 와 있다〉 전문

  이번 시집의 맨 앞에 올려놓은 시다. 이 시집을 여
는 서시(序詩)처럼 보인다. 그래서인지 "시는 서정이므로"라고 밝히고 있으면서도 서사적인, 논리적인 문맥으로 쓰여 있다. 앞뒤 시구(詩句)를 이어 주는 '그러고는', '고로' 등의 접속사를 의도적으로 사용하며 서정과 서사를 확연히 구분하고 있다.

양청리엔 가을이 먼저 온다.
과거와 영원이,
시간의 은비늘이 먼저 와 떨어져
누렇게 마른다.

지난봄을 물들였던
파릇한 젊음은 어디 갔는지,
한여름의 금빛 언어를 캐내던
햇볕의 풍요로움은 어디 갔는지,
가혹한 운명의 화살처럼
새파랗게 다가온 구름,
긴 밤을 지나
가을은 왔다.

뒤처져 있지만
내겐 진리眞理인 시는
이 가을과 함께
말들의 푸석한 풀숲에서
마른 볕을 쬔다.
　　　　　　　　— 〈양청리엔 가을이〉 부분

인생의 흐름을 계절로 보면 벌써 물들어 오는 가을의 정한(情恨)이 진하게 묻어나고 있다. 아니, 시 쓰기의 어려움과 회한이 그대로 전해지는 듯싶다. 그럼에도 "내겐 진리인 시"가 그러한 회한을 극복하게 해준다.

내 기억대로라면
그때 나는
열병을 앓았지.

거짓말처럼 눕고 싶던
피곤함이여.

신발 끈도 묶지 않은 채
발을 구르며 달리던
불안한 젊음 같던

시라는 욕망을
사랑한
무더웠던 여름이여.
　　　— 〈그때 나는 열병을 앓았지〉 전문

앞의 〈양청리엔 가을이〉와 함께 회한으로도 읽힐 수 있는 시다. 시의 열병을 앓던 불안한 젊은 시절 "한여

름의 금빛 언어"들은 가고, 이제 말들을 가을 저물녘의
마른 볕에 내다 널어 말리고 있다. 시에 대한 그런 순
애의 사랑은 진정성에 다가가 있는 서정시의 한 모습을
보여 준다.

괴로움 뒤에 오는 기쁨

한택수 시집

"한택수의 시는 뮤즈에게 바치는 헌사이다."
시에 대한 사랑과 헌신, 고스란히 시가 되다.

〈음악을 부른다〉 연작과 〈북촌 일기〉 연작 및 100행 이상의
장시(長詩) 5편을 포함, 총 60편의 시가 수록되어 있다.

한택수 시인의 시는 언어에 대한 탐구이다. 시인 자신은 10편으
로 이루어진 〈음악을 부른다〉 연작에 대해서 '리듬에 대한 탐색'
이라고 말했다. 단정하고 리듬감 있는 그의 서정시를, 소설가이
며 문학평론가인 고종석 씨는 "한택수의 시는 뮤즈에게 바치는
헌사이다. 시에 관한 시를 이렇게 많이 쓰는 시인을 본 적이 없
다"라고 말했다. 그와 같이 시인의 시는 언어의 본질에 대한 집
요한 탐색으로 점철되어 있다. 시인 자신은 이번 시선집은 "이만
큼의 작품으로 과거의 모색을 정리하고 싶다. 여기 수록되지 않
은 나머지 작품들은 군더더기 같은 것들"이라고 말했다.

• 128면 | 값 6,000원

나남
nanam
Tel. 031) 955-4601
www.nanam.net

숯내에서 쓴
여름날의 편지

한동화 (본명 한택수) 시집

편지 형식으로 쓴 "탄천의 시"

10행 안팎의 짧은 시 72편으로 이루어진 이 책은 작품 전체가
한 편의 편지이다. 헌사 포함 73편의 시로 이루어져 있다.
낮은 톤으로, 그리고 경어체(敬語體)로 말하는 이 편지들은
서정의 간지러운 곳을 건드린다.

발문을 쓴 윤석산(尹石山. 제주대 교수) 시인은 "최근 1년여 동안 3,
4일에 한 편씩 시를 쓰는 시인의 성실함에 놀랐다. 왜 그렇게 붙
들려 있을까?"라면서 "그는 붙들려 있지 않고 조금씩 조금씩 더
나아가고 있다"라고 말했다. 한동화 시인은 "직장에서 정년퇴직
후 시만 생각하며 지냅니다. 읽고 쓰고 하다 보니 밀린 숙제가 많
구나, 여겨졌어요"라고 말한다. 그는 동시부터 다시 읽고 쓰곤
했다. 그의 동시집 《머리가 해만큼 커졌어요》는 그 결실이고, 시
쓰기의 길로 다시 들어섰다는 것, 그러니까 이 시집은 동시에서
시 쓰기로 건너가는 과정의 작품들이다.

• 110면 | 값 8,000원

나남
nanam   Tel. 031) 955-4601
www.nanam.net